NOTICE

SUR UN

PLAN DE PARIS DU XVIᵉ SIÈCLE

NOUVELLEMENT DÉCOUVERT A BÂLE,

PAR

Jules COUSIN

PARIS

1875

NOTICE

SUR

UN PLAN DE PARIS DU XVIᴱ SIÈCLE

NOUVELLEMENT DÉCOUVERT A BÂLE

Extrait du tome Ier des *Mémoires*

de la Société de l'histoire de Paris et de l'Ile-de-France.

NOTICE

SUR UN

PLAN DE PARIS DU XVIᴱ SIÈCLE

NOUVELLEMENT DÉCOUVERT A BÂLE,

PAR

Jules COUSIN

PARIS

1875

NOTICE

SUR

UN PLAN DE PARIS DU XVIe SIÈCLE

NOUVELLEMENT DÉCOUVERT A BÂLE [1].

M. Louis Sieber, bibliothécaire de l'Université de Bâle, en inventoriant d'anciennes liasses de pièces non classées, découvrit récemment un très-beau et très-grand plan de Paris du XVIe siècle, richement — trop richement — enluminé, ne mesurant pas moins de trois pieds de haut sur quatre de large, publié à Paris même, sans date, mais avec les noms et adresse de ses éditeurs, les premiers dont on ait encore rencontré la signature sur une pièce de ce genre.

Bien que M. Sieber n'eût pas à sa disposition les instruments de contrôle nécessaires pour préciser la date de ce plan et en apprécier toute la rareté, il sentit, avec le tact du vrai bibliothé-caire, qu'il était en présence d'un document de haut intérêt, qui pouvait faire honneur au dépôt confié à sa direction. Il fit donc soigneusement réparer les avaries occasionnées par le pliage; les angles usés furent doublés en rabattant avec précaution les effilo-chures du papier, et la feuille, telle quelle, fut collée sur toile, en plein, sans coupures ni châssis.

Cette simple opération suffit à rendre à la vieille estampe sa fraîcheur primitive. Les plis et les trous n'apparaissent plus qu'à l'état de légères meurtrissures; ainsi que l'on peut en juger par la photographie, que les tons criards et heurtés de l'enluminure

---

1. Le Conseil d'administration de la Société a décidé que ce plan serait reproduit en fac-simile par les soins du Comité de publication. Il sera publié en huit feuilles de la grandeur de l'original; les deux premières sont livrées aux membres de la Société, et les six autres seront distribuées dans le courant de 1875. (Note du Comité de publication.)

empâtent malheureusement de larges maculatures impossibles à éviter.

M. Sieber, s'étant trouvé dernièrement en correspondance avec M. Léopold Delisle, à propos d'un prêt de manuscrit, profita de l'occasion pour lui demander quelques renseignements sur ce plan, dont il lui envoya la description sommaire. M. Léopold Delisle, après avoir reconnu que ce plan ne faisait point partie de la riche collection de la Bibliothèque nationale, et qu'il n'était mentionné dans aucun des ouvrages spéciaux, me fit l'honneur de me consulter. Je ne pus que confirmer ce qu'il avait déjà constaté, à savoir que le plan trouvé à Bâle n'était signalé nulle part : ni dans la remarquable étude sur les anciens plans de Paris de M. A. Bonnardot, ni dans les recherches antérieures de De La Mare, de Jaillot, de Bonamy, de Mauperché, etc. Pour plus de certitude j'allai en conférer avec mon ami M. Bonnardot, qui, depuis 1852, rassemble les éléments d'un supplément à son excellent livre. Aucune note nouvelle relative au plan signalé n'avait été recueillie par lui. Nous nous trouvions donc décidément en présence d'une rareté de premier ordre. Aussi, malgré mon peu de goût pour les excursions lointaines, je n'hésitai pas à me rendre à Bâle où M. Sieber me promettait bon accueil. J'ai trouvé en effet auprès de mon savant confrère la plus gracieuse, la plus cordiale hospitalité ; je tiens à lui en exprimer ici ma reconnaissance.

Ce n'est pas sans inquiétude cependant que je me mettais en route. Nos renseignements un peu vagues me laissaient encore quelques craintes de déception. Ces craintes se dissipèrent à première vue. J'avais bien sous les yeux un plan inconnu, du plein xvie siècle, le premier et le plus important qui ait été publié à l'état isolé ; car le petit plan *aux trois personnages*, antérieur d'une vingtaine d'années, n'est, on le sait, qu'une annexe de l'ouvrage de Georges Braun (*Civitates orbis terrarum*), édité en Allemagne, et le plan attribué à Ducerceau ne peut être — comme je le démontrerai — qu'une réduction collatérale de celui qui nous occupe.

Je ne parle pas du *Plan de tapisserie* et de ses dérivés, œuvres de fantaisie, d'un intérêt plus curieux que sérieux.

Toute mon ambition fut dès lors d'acquérir pour la Ville ce précieux monument de son histoire ; mais mes tentatives échouèrent contre un obstacle invincible : à Bâle une loi rigoureuse interdit l'aliénation ou l'échange de quoi que ce soit du domaine de la bibliothèque, à moins qu'il ne s'agisse d'un double ; et nous n'étions pas dans ce cas.

M. Sieber, en m'opposant ce *non possumus,* m'offrit d'ailleurs toutes facilités et même son concours officieux pour une reproduction photographique. Le temps n'étant pas favorable alors et mon séjour à Bâle ne pouvant se prolonger, c'est lui qui, après mon départ, surveilla l'exécution des clichés confiés au meilleur photographe de la ville.

Ces dix grands clichés me sont parvenus en parfait état : huit sont consacrés à la reproduction en vraie grandeur des huit feuilles de l'original, et deux en donnent une réduction au quart. Les curieux que cela intéresse peuvent dès à présent en avoir communication à la bibliothèque de la Ville.

Tel est, en peu de mots, l'historique de la découverte. Passons à l'examen sommaire du plan, qui va nous permettre de fixer sa date, que les éditeurs ont eu soin d'omettre afin de lui conserver le plus longtemps possible l'apparence et le bénéfice de la nouveauté.

Ce grand plan à vol d'oiseau, gravé sur bois en huit planches, mesure exactement 1^m33 de largeur sur 0^m96 de hauteur.

Ce qui frappe au premier abord c'est sa ressemblance singulière avec le plan dit de Ducerceau, beaucoup plus petit (0^m66 sur 0^m80), gravé sur cuivre en quatre planches, presque aussi rare [1], mais que la copie de Dheulland a depuis longtemps vulgarisé. Le champ des deux plans, tracés en perspective, est exactement le même : de l'Est à l'Ouest, du Nord au Sud, il ne s'en faut pas d'une toise. Les indications écrites et presque tous les détails sont identiques. Ce sont les mêmes licences volontaires, les mêmes *fictions*. Ainsi : le coude forcé, à angle droit, que fait la Seine au sortir de Paris pour montrer les deux rives du fleuve jusqu'à Auteuil, le débouché du grand égout, les Bonshommes et Passy ; en haut, l'horizon brusquement abaissé pour faire rentrer dans le cadre l'embouchure de la Marne et les villages des environs, précisément les mêmes de part et d'autre : Vincennes, Conflans, Vitry, Villejuif, Bicêtre.

---

1. Depuis l'incendie de l'Hôtel-de-Ville on n'en connaît plus que deux exemplaires : l'un, provenant de la bibliothèque de l'abbaye de Saint-Victor et qui a servi à la reproduction de Dheulland, a passé, par voie de réquisition, de la bibliothèque de l'Arsenal à la Bibliothèque nationale ; l'autre appartient à M. Destailleur. Le troisième exemplaire, brûlé à l'Hôtel-de-Ville, provenait de la collection de M. Gilbert.

Ces signes particuliers impriment aux deux plans un caractère de ressemblance, un air de famille incontestables. L'identité est telle qu'on serait porté à en conclure d'abord que l'un est la reproduction directe de l'autre — le plus petit la réduction du plus grand — si certaines différences de détail, très-sensibles après mûr examen et incompatibles avec la supposition d'une simple copie, ne venaient démentir cette hypothèse et nous en imposer une autre qui paraît plus certaine : Si ces deux plans ne procèdent pas directement l'un de l'autre, tous deux procèdent probablement d'un plan officiel manuscrit, levé en vertu de l'édit de Henri II du 8 septembre 1550, rapporté par Corrozet, ordonnant « de faire le portrait et dessin de la closture et fortification de tout Paris, compris les faubourgs, tant de l'Université que de la Ville, avec permission de bastir et édifier maisons dedans cette closture. »

Bien que les bornes marquant les limites des faubourgs annexés aient été posées dès l'année suivante, la mise à exécution de la teneur de cet édit était restée douteuse. La coïncidence de nos deux plans en fournit, ce me semble, une preuve incontestable. A cette époque, moins encore qu'aujourd'hui, une opération géodésique de cette importance ne pouvait être entreprise avec les ressources et les pouvoirs limités des particuliers. Elle exigeait le concours d'ingénieurs très-experts et autorisés par une mission officielle. J'en conclus que nos deux plans gravés doivent être des réductions, à des échelles différentes, du grand plan dressé alors en minute par ordre du Roi et qui aura disparu plus tard, utilisé et sacrifié sans doute pour les études du grand plan nouveau, levé par Quesnel en 1609, alors que l'état de Paris métamorphosé par Henri IV ne répondait plus au plan levé sous Henri II. Ces copies publiées par des éditeurs, à l'usage du public, étaient par eux modifiées et mises au point, suivant leurs observations ou leur caprice. Tout en conservant pour base l'original, elles comportaient de notables variantes, ainsi qu'on peut le remarquer dans une 3e réduction plus petite, signée *Cruche*, ajoutée par Belleforest en 1575 à son édition de la Cosmographie de Munster. C'est toujours le même type avec addition du château des Tuileries et des principaux édifices élevés ou modifiés de 1550 à 1575.

En effet, il importe d'observer que tous les plans de Paris du xvie siècle, c'est-à-dire les plus anciens (il n'en existe pas d'antérieurs), se rattachent exclusivement à trois types distincts :

1º Le plan de Braun (vers 1530), le seul qui montre encore intacte l'enceinte nord de Philippe-Auguste;

2º Le plan de Tapisserie (vers 1537), qui présente encore la tour de Billy détruite par l'explosion de 1538, mais n'a conservé de l'enceinte de Philippe-Auguste que quelques tours et quelques pans de muraille isolés. Cette tapisserie, disparue à la fin du XVIIIᵉ siècle, était représentée par la grande gouache, brûlée dans l'incendie de l'Hôtel-de-Ville, mais dont une réduction photographique a été heureusement conservée;

3º Le plan officiel que je suppose avoir été dressé en 1550, représenté par le plan de Bâle, celui de Ducerceau et celui de Belleforest, où la tour de Billy ne figure plus, bien qu'une erreur du graveur, résultat d'une correction manuscrite maladroite, l'ait rétablie dans la copie de Dheulland. Ceux-ci se distinguent par la courbure forcée de la Seine, l'abaissement de l'horizon à l'Est et l'identité du champ plus étendu.

Je ne parle pas du plan de Munster, grossière image allemande tracée de mémoire et sans aucune valeur.

Passons maintenant à l'examen des particularités de notre plan. Nous ne relèverons pas les innombrables détails qui lui sont communs avec le plan de Ducerceau; on les remarquera sur la copie de Dheulland que tout le monde peut se procurer à la Chalcographie. Nous signalerons seulement les points par lesquels ils diffèrent.

Ici, comme dans tous ces plans à vol d'oiseau, les principaux monuments sont figurés en élévation avec une certaine recherche de l'exactitude, mais les maisons bourgeoises, les îlots de maisons, sont représentés par des maisonnettes toutes à peu près pareilles. Les noms des rues et des édifices sont gravés sur les vides, et fourmillent de fautes, qui les rendent parfois méconnaissables.

Les légendes et titres, beaucoup plus corrects, sont imprimés typographiquement dans de grands cartouches gravés.

Le cadre général est formé d'un simple trait renforcé.

Aux quatre angles soufflent les quatre vents dont le nom indique l'orientation. On ne les retrouve plus sur le plan de Ducerceau, mais ils ont été rétablis dans la petite réduction de Belleforest.

En haut, à gauche, on remarque l'écusson de France entouré du collier de Saint-Michel seul, et timbré de la couronne fermée. A côté un grand entrelacs de trois croissants ne laisse aucun doute sur le règne auquel se rapporte cet état de Paris. Les croissants mis en évidence se distinguent encore sur le pavillon unique de l'Hôtel-de-Ville et sur le comble de la Porte-Neuve en avant du Louvre. — N'oublions pas que le croissant, *donec totum impleat orbem*, était la devise personnelle de Henri II, qui se plut à la confondre avec celle de Diane de Poitiers.

Les armoiries de Paris font pendant à droite.

Entre deux une banderole très-tortillée sur laquelle est écrit en lettres antiques : La Ville. Cité. Université de Paris.

Le plan de Ducerceau ne porte pas les croissants, et l'écu de France est timbré d'une couronne ouverte, rehaussée de fleurons et de fleurs de lys alternés, pure fantaisie du graveur. En bas, trois grands cartouches alignés encadrent des inscriptions. Les deux premiers, qui se font suite, sont consacrés à un long poème de 108 vers de dix pieds à la louange de Paris :

> Gentilz lecteurs amateurs d'escripture,
> Ioyeulx espritz regardez la stature
> Le Bastiment et la fondation
> L'accroissement et l'augmentation
> Et la façon comment Paris la Ville
> S'est augmentée en matière civille.
> Considerez la sienne antiquité
> Où mainctz cas sont de singularité ;
> Regardez bien tous ces beaulx edifices ;
> Recognoissez ses louenges propices
> Où on comprend sa valeur et noblesse
> Son hault estat, sa doulce gentillesse,
> Et tous les biens qu'on peult en vérité
> Totalement dire d'une cité. etc.

Rien à tirer de ce fastidieux dithyrambe farci de lieux communs et de fables mythologiques sur l'origine de Paris, alors si fort en honneur. Mais ce n'est pas sans raison que nous en avons transcrit ici les quatorze premiers vers. En isolant les lettres initiales, ils nous révéleront le nom de l'auteur Gilles Corroset, le libraire historiographe de la ville de Paris, qui venait de faire paraître en 1550 la première et la plus belle édition de ses *Antiquités de Paris*, succédant à l'ouvrage qu'il traité lui-même de « petit livret plein d'erreurs et de fables qu'il a supprimé et mis à néant », la *Fleur des antiquités de Paris*, publiée pour la première fois en 1532.

Nous connaissons tous ce rare petit livre si recherché malgré son peu de valeur historique et que le nouvel ouvrage de 1550 remplaçait fort avantageusement sous ce rapport. C'est une chronique, fabuleuse pour toute la période antique, plus que succincte pour la période contemporaine, dont chaque chapitre se trouve ensuite résumé en quelques vers, que l'on peut qualifier, suivant la devise de l'auteur, de *plus que moins* médiocres. Or cet interminable poème qui remplit, en cinq colonnes, deux cartouches de notre plan est précisément le couronnement de l'édifice, le poème final qui termine et résume la *Fleur des antiquités*. Nous pouvons en conclure que c'est sous le patronage de Gilles Corrozet que fut édité ce grand plan et qu'il servait de complément à son livre des *Antiquités de Paris*. Ajoutons sans craindre de nous tromper que livre et plan se vendaient en sa boutique au Palais aussi bien que chez les éditeurs, car nous verrons plus loin que cet exemplaire du plan fut acheté alors à Paris et rapporté à Bâle en même temps qu'un magnifique exemplaire du livre de l'édition de 1550.

Le troisième cartouche contient une légende infiniment plus intéressante qui commence ainsi :

Icy est le vray pourtraict naturel de la ville, cité, université et faubourgz de Paris, où sont justement figurées, toutes les rues et ruelles correspondantes l'une à l'autre, ainsi qui sont de présent situées, etc., et se termine par cette précieuse indication : *A Paris, par Olivier Truschet et Germain Hoyau, demourans en la rue de Montorgueil, au chef Sainct-Denys.*

Voici donc deux noms et une adresse d'éditeurs, les premiers inscrits sur un plan de Paris, et qui nous permettent de baptiser avec certitude celui-ci du nom de *Plan d'Olivier Truschet et Germain Hoyau* ou, pour abréger, *Plan de Truschet*.

Ces éditeurs qui sont-ils? Ce ne sont pas des libraires; je l'ai vérifié sur le catalogue de Lottin. Faut-il leur attribuer aussi la gravure des planches? La formule *par* tendrait à le faire supposer, bien qu'elle fût alors vulgairement employée dans le sens de *publié par — imprimé par*. D'ailleurs cette gravure assez grossière décèle plutôt la main d'un habile ouvrier que celle d'un artiste véritable; enfin ce genre de cumul est assez dans les usages du XVIe siècle, pour que l'hypothèse n'ait rien d'invraisemblable.

Les noms de Truschet et d'Hoyau n'ont pas laissé dans les archives de l'art une trace bien brillante. Ils n'y sont pas cependant absolument inconnus. M. Georges Duplessis, dans son histoire de la gravure en France, signale un curieux recueil d'imagerie religieuse du XVIe siècle, dont la plupart des planches gravées sur bois sortaient des nombreuses officines xylographiques de la rue Montorgueil. Ces planches datent de 1572 ou environ ; nous n'y retrouvons plus la signature d'Olivier Truschet, le premier inscrit et probablement le plus ancien des deux associés, mais Germain Hoyau en a signé plusieurs en compagnie de Mathurin Nicolas son nouvel associé à l'enseigne du Bon Pasteur. La maison du Chef Saint-Denis, sans doute liquidée après la mort de Truschet, appartient alors à Nicolas Prévost. Elle a pour voisines — toujours dans la même rue Montorgueil : la maison de l'Échiquier, à Marin Bonnemer et Clément Boussy ; la Corne de Daim, à Denis de Mathonière ; l'Espinette, à Jean Boussy ; l'image Saint-Pierre, à Ch. Levigoureux ; la Corne de Cerf, à Marin Boussy, etc., etc., toute une colonie d'imagiers.

Ceci nous ramène à la question capitale, la question de la date probable de notre plan, que je crois pouvoir fixer, d'après le témoignage de Corrozet corroboré par mes diverses observations, à 1551 ou 1552, en établissant qu'elle doit précéder de deux ou trois ans celle du plan de Ducerceau.

La présence des croissants qui accompagnent l'écusson royal nous enserre tout d'abord entre 1547 et 1559, dates extrêmes du règne de Henri II.

Ni Truschet ni Ducerceau ne représentent — comme de juste — la tour de Billy détruite en 1538, mais Ducerceau a figuré, à travers la ville, les restes très-apparents de l'enceinte de Philippe-Auguste (rive droite), dont toutes les portes et la majeure partie des murs furent démolis sous François Ier. Dans le plan de Truschet on n'en voit plus une seule tour, un seul pan de mur, sauf aux abords du Louvre, en face de l'hôtel d'Alençon, où l'ancienne muraille formait tout un côté de la rue d'Autriche.

Cette différence frappante tendrait à faire supposer le plan de Ducerceau bien antérieur à celui-ci, s'il n'était évident que notre éditeur a négligé de parti pris ces ruines condamnées, ces tourelles gothiques qui n'apparaissaient plus sur les rues et se dissimulaient à l'intérieur des massifs de maisons, où quelques-unes se sont conservées à travers le xviie siècle, et presque jusqu'à nos jours, à l'état de celliers ou de cages d'escaliers. Leur aspect ne pouvait que donner à son plan un air de vétusté gênant pour les éditions postérieures. Le plan de Belleforest publié plus de vingt ans après et sur lequel figure déjà le château des Tuileries porte encore les restes de l'ancienne enceinte ; celui-ci n'en offre pas la moindre trace. Le parti pris est donc évident. Les tours plus clairsemées prouveraient que le plan de Truschet est plus récent que celui de Ducerceau ; complètement absentes elles ne prouvent rien qu'une négligence ou une innocente supercherie de l'éditeur [1].

D'ailleurs de plus sérieux témoignages viennent immédiatement contrebalancer et démentir celui-ci.

Les quartiers neufs, donnés à bâtir sous le règne de François Ier et alors en pleine voie de construction, paraissent beaucoup plus avancés sur le plan de Ducerceau que sur celui de Truschet. Le premier indique sur l'emplacement de l'ancien hôtel Saint-Paul les rues Neuve-Saint-Paul, des Lions et Beautreillis ouvertes et bâties ; le second ne porte que la rue des Lions sous le nom de rue Neuve-Saint-Paul et présente encore, sur l'emplacement des deux autres voies non tracées, l'Hôtel de la Reine, reste du logis d'Isabeau de Bavière.

Même observation pour la Culture-Sainte-Catherine : la rue Culture, ouverte de bout en bout sur le plan de Ducerceau, se termine en impasse sur le plan de Truschet.

Le faubourg Saint-Marcel est aussi plus avancé : Truschet marque deux portes, au Sud, barrant successivement la rue Mouffetard ; elles figurent aussi dans le plan de Braun de 1530. Ducerceau n'en marque plus qu'une ; celle qui s'élevait entre Saint-Marcel et Saint-Hippolyte est détruite.

Nous trouvons dans les deux plans le pont Saint-Michel garni de sa double rangée de maisons neuves et d'une même symétrie, ainsi reconstruites après la chute du pont en 1547.

Dans tous deux aussi le nouvel Arsenal royal, avec sa porte à l'antique, décorée d'un fronton et d'une ordonnance de colonnes, et ses vastes granges bâties de neuf pour le canon, le tout soigneusement dessiné comme édifice récent et d'importance. — 1549.

Parmi les travaux et bâtiments exécutés dans le courant de l'année 1550, nous remarquons sur nos deux plans : la porte de Nesle nouvellement ouverte, avec son pont sur le fossé — le quai du Port au Foin, à la Grève, qui vient d'être achevé avec ses larges degrés accédant à la rivière.

---

1. Nous pouvons citer une autre preuve de l'insouciance de nos graveurs à l'égard de ce qui ne se trouvait pas en vue de la rue et des passants : le grand égout découvert se perd au bout de la vieille rue du Temple sous un ponceau d'où il ne ressort plus. Son cours, sur toute la longueur de la rue Saint-Louis, se confond avec les grands murs des Tournelles et autres clos qui le bordaient.

A partir de cette date nous ne trouverons plus sur nos plans aucun des travaux d'édilité entrepris en grand nombre dans cette période de prospérité dont la mort de Henri II marqua brusquement le terme. Tout au plus reconnaîtrons-nous sur le plan de Ducerceau la rangée de maisons uniformes élevées en 1552 sur le Petit-Pont du côté d'amont, en remplacement des anciennes masures inégales encore figurées sur le plan de Truschet, autant qu'on peut en juger sous le raccord assez mal ajusté de deux feuilles.

Le grand fossé bastionné de l'Arsenal à la Bastille, commencé en 1552 et qui modifia si complètement l'aspect des abords de Paris de ce côté, n'existe sur aucun des deux plans, qui présentent encore l'ancien fossé étroit et non revêtu, bordé d'une haute muraille crénelée. On n'y trouve pas non plus le Marché Neuf et ses boucheries créés en 1560.

Inutile de pousser plus avant; nous butons à la date de 1552; mais un détail, insignifiant en apparence, va nous ramener en arrière et nous fixer peut-être à l'année 1551.

La fontaine du Ponceau — à l'entrée de la rue Saint-Denis — consistait alors en un édifice hexagonal dans le genre de la fontaine de Birague, que nous avons vu démolir. Sur ce massif servant de base on disposait, aux jours des entrées solennelles, des groupes mythologiques et des réservoirs de vin et d'hypocras, que les trois bouches de la fontaine versaient libéralement au populaire. Or la fontaine paraît encore ici chargée des débris de ces appendices dont on l'avait décorée pour l'entrée de Henri II. — Ces décorations éphémères exécutées en matériaux fragiles ne pouvaient se conserver longtemps, et, si on les laissait fondre sur place par négligence ou par respect, un ou deux hivers devaient en avoir rapidement raison. L'entrée est du 16 juin 1549. Il est peu probable que la fontaine ait pu conserver au-delà de 1551 la trace de ce décor de fête. Dans le plan de Ducerceau elle paraît entièrement débarrassée. Notre plan marque aussi à côté de la Halle aux Draps un jeu de paume qui ne figure plus dans Ducerceau.

Tous les deux, et tous deux seuls parmi les plans du xvıe siècle, indiquent les Tuileries (fabriques de tuiles) sur l'emplacement du futur palais de Catherine de Médicis, et le moulin à eau de Saint-Victor à l'embouchure de la Bièvre.

J'ai réservé pour la fin, en raison de leur importance, deux détails très-considérables, qui seraient de nature à égarer la critique si l'on n'y prêtait pas une sérieuse attention. Je veux parler de l'état du Louvre et de l'Hôtel-de-Ville.

Sur les deux plans de Truschet et de Ducerceau le Louvre est représenté dans son état ancien, tel qu'on le voyait avant le règne de François Ier. C'est le vieux Louvre de Philippe-Auguste avec ses tours, ses créneaux et son donjon central démoli dès 1529. On n'y reconnaît pas trace des bâtiments nouveaux formant l'angle sud-ouest de la cour actuelle, commencés avant 1549 et activement continués sous Henri II.

Le nouvel Hôtel-de-Ville du Boccador, commencé également sous François Ier et continué sous ce règne, ne figure pas sur le plan de Ducerceau, non plus que l'ancienne Maison aux Piliers avec son triple pignon, dont une ligne de maisons ordinaires qui n'ont jamais existé occupe la place. Notre plan au contraire, seul entre tous, représente le nouvel Hôtel-de-Ville, au point où il en était alors, c'est-à-dire élevé seulement d'un rez-de-chaussée, avec le pavillon de l'arcade Saint-Jean, plus haut d'un étage, surmonté de sa toiture aiguë : façade boiteuse qui subsista ainsi jusqu'à la fin du règne de Henri III, et dont le dessin contemporain de J. Cellier nous a conservé l'aspect.

Cette notable différence suffirait à prouver que le plan de Ducerceau n'est pas une réduction de celui-ci.

Comment donc expliquer à la fois ces anachronismes et cette anomalie? Par une considération bien simple qui vient à l'appui de notre hypothèse sur l'origine commune des deux plans.

A la date où a été levé le plan officiel qui a servi de type à ceux-ci, en 1550, le Louvre et l'Hôtel-de-Ville, en pleine transformation, ne présentaient à l'extérieur qu'un mélange confus de bâtiments en construction et en démolition, masqués d'échafaudages, sans forme arrêtée, sans figure monumentale. L'artiste chargé de dresser ce plan original, toujours maître de revenir sur ses épures, réserva sans doute les élévations des deux édifices inachevés et laissa la place en blanc en attendant que l'avancement des travaux, le dégagement des façades nouvelles, lui permît d'en donner un profil exact.

Les éditeurs des deux réductions ne pouvaient livrer au public un plan incomplet, présentant sur deux points capitaux un vide absolu. Chacun le combla à sa manière. Pour le Louvre ils rétablirent l'ancienne façade que tout le monde connaissait, plus monumentale que les nouvelles bâtisses en plein désarroi. Pour l'Hôtel-de-Ville, Ducerceau se contenta de remplir le vide de la place par une file de maisons quelconques, quitte à retoucher plus tard sa planche gravée en taille-douce. Truschet, mieux avisé et gêné d'ailleurs par son procédé de gravure sur bois qui ne comporte que difficilement les retouches, esquissa le nouvel édifice tel qu'il était à cette époque. Tout s'explique ainsi le plus naturellement du monde.

Sans m'étendre davantage sur les innombrables détails de notre plan qui, grâce à son échelle plus grande, reproduit non-seulement toutes les indications de Ducerceau, mais en donne un assez grand nombre d'autres, je résumerai en deux mots les conclusions de cette étude sommaire :

Le plan d'Olivier Truschet et Germain Hoyau doit être daté de 1551 ou 1552. Il est un peu antérieur au plan attribué à Ducerceau, publié probablement vers 1555. L'un et l'autre ne sont que des réductions d'un plan officiel manuscrit, dressé dans le cours de l'année 1550 par les soins du Corps de Ville, en vertu des lettres du Roi citées par Corrozet.

Pendant près de 60 ans — jusqu'à l'exécution du grand plan de Quesnel en 1609 — ce travail resta le plan officiel de la ville, et ses deux réductions, auxquelles vint se joindre en 1575 la petite carte de Belleforest, en furent les éditions publiques. On juge à quel nombre énorme elles durent être tirées, bien que le plan de Ducerceau ne soit plus représenté que par deux exemplaires et celui de Truschet par un seul, celui de Bâle, plus une variante pareillement unique dont nous allons parler.

Cette variante, également coloriée et de même dimension naturellement, puisqu'elle provient des mêmes planches modernisées à grand renfort de pièces rapportées, se trouve au Dépôt de la Guerre, aussi en huit feuilles assemblées[1]. M. Bonnardot, qui l'a décrite avec soin, en fixe la date à 1601 environ. Les croissants d'Henri II ont été conservés, mais le blason primitif est transformé en un double écusson accolé aux armes de France et de Navarre, avec le chiffre de Henri IV. Les trois cartouches du bas sont réduits à deux. Les noms des éditeurs primitifs ont été enlevés sans être remplacés par d'autres, et le poëme, abrégé en quatorze vers de douze pieds, commence ainsi :

> Espris ardents de voir du monde l'excellence
> Le sainct séjour d'Astrée et haut siège des rois, etc.

---

1. Dépôt de la Guerre : Archives des cartes (4-2-e, 291).

Les accroissements et embellissements de Paris exécutés depuis
le règne de Henri II y figurent pêle-mêle avec les édifices dispa-
rus que l'on n'a pu effacer, ce qui ôte à ce document toute valeur
historique et le rend incompréhensible pour qui ne connaît
pas l'existence du premier état. Le Pont-Neuf, les Tuileries, la
grande galerie du Louvre, les Capucins, les Feuillants, le nouveau quartier Saint-Honoré, une vague indication du projet de la
place Royale et des « bâtiments pour les soies », etc., etc., y sont
ajoutés ou rajustés tant bien que mal. Enfin c'est une œuvre
incohérente, dont la possession ne peut nullement nous consoler de
la privation du plan de Bâle, auquel il ne saurait enlever sa qualité
de pièce unique.

Il me reste à dire quelques mots de la provenance de cet exem-
plaire de Bâle, qui sommeillait depuis le xviie siècle dans cette bibliothèque où l'on avait dès l'origine perdu sa trace. Nous avons fait
à ce sujet, avec M. Sieber, quelques recherches fort intéressantes,
que le savant bibliothécaire pourrait seul compléter, car nul ne
connaît mieux que lui les sources de la chronique bâloise. Ce plan
provient de la riche bibliothèque des Amerbach, célèbre dynastie
d'imprimeurs et de savants bâlois dont le chef, Jean Amerbach,
fit apprendre à ses fils les langues grecque et hébraïque pour les
mettre à même de diriger la belle édition de S. Jérôme qu'ils
publièrent en 1516. Erasme, dans la préface de son S. Augustin,
fait un pompeux éloge de ces trois frères Amerbach, dont le plus
jeune, Boniface, devint son intime ami et son héritier. C'est le
fils de Boniface, Basile Amerbach, qui acheta à Paris en 1557
ou 1558[1] et rapporta à Bâle le plan qui nous occupe, avec un
bel exemplaire de l'édition des *Antiquités de Paris* de 1550.
C'était probablement le plan et le *guide* offerts alors aux étrangers, que les splendides fêtes du temps attiraient en foule à Paris;
et Corrozet paraît en avoir eu sinon le monopole, du moins la
spécialité. Basile Amerbach était fort lié avec Théodore Zvinger,
professeur et plus tard recteur de l'Université de Bâle, qui était
venu achever ses études à l'Université de Paris de 1551 à 1553 [2]

---

1. Sa correspondance témoigne qu'il fit deux séjours à Paris, pendant lesquels il ne manqua pas de visiter les imprimeries et les boutiques des
libraires. M. Sieber, à qui nous devons ce renseignement, n'a rien trouvé
dans ces lettres relativement au plan de Truschet; mais, pour un bibliophile
tel qu'Amerbach, une pareille acquisition ne méritait guère d'être mentionnée.

2. Voir l'article consacré à Théod. Zvinger dans l'ouvrage d'Herzog :

et qui publia en 1577, sous le titre bizarre de *Methodus Apodemica* [1], une sorte de méthode pour voyager avec fruit, résumant sous forme de tableaux synoptiques les observations intéressantes à faire dans les pays étrangers que l'on parcourt, au point de vue géographique, civil, moral, artistique, littéraire, etc. Dans ce livre, il consacre, comme exemples, quatre chapitres spéciaux à la description des quatre villes savantes, des quatre *Athènes*, parmi lesquelles Paris, *Athenæ Gallicæ*, figure à côté de Bâle, *Athenæ Helveticæ*. Cette description physique, administrative et intellectuelle du Paris du xvie siècle par un étranger fort instruit, observateur intelligent, est assez peu connue et méritait d'être remise au jour; nous en donnons la traduction à la suite de ce mémoire.

Théodore Zvinger connaissait bien Paris, où il avait vécu deux ans de la vie d'écolier, mais il l'avait perdu de vue depuis vingt-sept ans quand il écrivit ce chapitre, et il eut recours, pour se rafraîchir la mémoire, au livre et au plan que son ami Amerbach avait rapportés de son voyage. Ceci n'est point une supposition, la preuve en est dans l'indication qu'il donne des églises, hôtels, couvents, colléges, etc., que l'on rencontre à droite et à gauche en entrant successivement par les principales portes de la ville, car il cite tout ce qui est inscrit sur notre plan et ne cite guère que cela. Et même, quand le nom a été défiguré par la faute du graveur, comme pour l'hôtel de *Brianne* au lieu d'hôtel de Bretagne, saint Pierre des *assis* au lieu de Saint-Pierre-des-Arcis, etc., il traduit : *domus* Briannensis — *Sanctus Petrus* in cathedra. De plus, l'exemplaire du *Methodus Apodemica* de la bibliothèque de Bâle porte la dédicace manuscrite de Théodore Zvinger à son ami Basile Amerbach. C'était un remerciement en même temps qu'un hommage amical.

Les collections de la famille Amerbach, après avoir passé par héritage aux Iselin ses alliés, furent acquises en bloc en 1661 par l'Université de Bâle; et c'est alors que notre plan, dédaigné au milieu de tant de trésors bibliographiques et artistiques, entra inaperçu dans la riche bibliothèque où M. Louis Sieber vient de le retrouver si heureusement.

Athenæ Rauricæ, sive Catalogus professorum Academiæ Basiliensis. Basileæ, 1778, in-8°.

1. Du grec ἀπόδημος, éloigné de son pays.

TABLE DES NOMS

DES RUES, PLACES, ÉGLISES, COUVENTS, COLLÉGES, HÔTELS, ETC.,
INSCRITS SUR LE PLAN DE PARIS PUBLIÉ VERS 1552

par Olivier Truschet et Germain Hoyau.

—

Cette table ne comprend que les noms effectivement inscrits sur le plan, ce qu'on appelle *la lettre*. Ces inscriptions sont assez peu nombreuses; les rues, églises, couvents, hôtels qui figurent sans dénomination sont malheureusement en majorité. Cela tient sans doute aux difficultés que présente pour l'écriture le procédé de la gravure sur bois qui ne se prête pas, comme la *taille-douce*, aux surcharges et aux finesses. Du reste la lettre du plan de Truschet est encore plus mal gravée que le plan lui-même. Les caractères sont lourds et grossiers et les noms sont souvent défigurés au point d'être méconnaissables, défaut commun à la plupart des anciens plans exécutés par des ouvriers étrangers, sans nul souci de l'orthographe.

Pour plus de clarté dans notre ordre alphabétique, nous avons pris le parti de rectifier tous ces noms estropiés; mais afin de ne pas priver les curieux de certaines légendes qui peuvent avoir leur saveur et leur intérêt, nous avons, quand il y avait lieu, conservé à côté du texte corrigé la version originale dans toute sa naïveté. Nous la transcrivons à la suite, entre deux tirets et en italiques. Ainsi : rue des MAUVAIS-GARÇONS — *R. des Mauves Graçons.*

Nous n'avons pas jugé nécessaire d'indiquer les tenants et aboutissants des rues ni la situation des édifices. Beaucoup de rues n'étant pas désignées par leurs noms, il eût fallu restituer ces noms et nous nous exposions à de nombreuses erreurs ou anachronismes par suite des irrégularités du tracé et des fréquentes mutations survenues à cette époque dans les dénominations des rues. Des indications non reproduites sur le plan eussent été d'ailleurs à peu près inutiles pour les recherches.

Afin de permettre de retrouver facilement tout ce que mentionne notre table, nous supposons chaque feuille divisée dans sa hauteur et dans sa largeur en trois parties égales, ce qui donne neuf carrés. Nous indiquons par un chiffre romain le numéro de la feuille et par un chiffre arabe le carré où se trouve la localité cherchée. Ainsi BOUCHERIE DE BEAUVAIS, VI, 2, veut dire que la Boucherie de Beauvais se trouve dans le deuxième carré de la sixième feuille. Nous n'avons pas fait tracer ces divisions sur le plan pour ne pas altérer notre *fac-simile* rigoureux, mais il sera aisé de les marquer du doigt et, le *canton* ainsi indiqué, de reconnaître rapidement l'inscription.

Voici l'ordre que nous avons adopté :

Pour les huit feuilles du plan

I	II	III	IV
V	VI	VII	VIII

Pour les neuf carrés de chaque feuille

1	2	3
4	5	6
7	8	9

TABLE.

Bons-Hommes (les) de Chaillot, VIII, 7.

Bordelle (porte), IV, 7.

Bordelle (rue), IV, 7.

Boucherie (la Grande) — *la Grant boucherie* — VI, 3.

Boucherie de Beauvais (la), VI, 2.

Bouquetonne (rue). — Voy. rue du Hoqueton.

Bourbon (hôtel de) ou Petit-Bourbon, VI, 6.

Bourdonnais (rue des), VI, 2 et 3.

Bourg-l'Abbé (rue) — *R. de Bourlabé* — VI, 1.

Bourgogne (collége de), VII, 3.

Bourgogne (rue de) — *R. de Bourgongne* — VI, 1.

Bourtibourg (rue) — *R. Boutibour,* — II, 8.

Bout (rue du) — sur l'emplacement de la rue Béthisy, qui porte déjà ce dernier nom sur le *Plan de tapisserie* (d'après le dessin de Gaignières, mais non d'après la gouache de l'Hôtel-de-Ville). Ducerceau l'appelle : rue du Borel. — VII, 2 et 3.

Boutebrie (rue) — *R. du Bout de brie* — VII, 3.

Boutibour (rue). — Voy. rue Bourtibourg.

Braques (chapelle de), II, 4.

Braques (hôtel de) — *Braques* — IV, 8.

Braques (rue de) — *R. de Broves* — II, 4.

Breneuse (rue), VI, 4.

Bretagne (hôtel de) — *Lostel de Brianne* — II, 3.

Bretonnerie (rue de la), II, 5 et 8.

Brianne (hôtel de). — Voy. hôtel de Bretagne.

Briboucher (rue). — Voy. rue Aubry-le-Boucher.

Broves (rue de). — Voy. rue de Braque.

Bussy (porte de) — *porte de Buci* — VII, 6.

Calandre (rue de la), VII, 2.

Calvi (collége de), VIII, 1.

Cardinal-Lemoyne (collége du), III, 9.

Carmes (couvent des), III, 9.

Carmes (rue des), III, 9.

Célestins (couvent des), III, 1.

Célestins (rue des) — *R. des Cellestins* — II, 6.

Cerisaie (rue de la) — *R. de la Cerisée* — Indiquée, dans le sens perpendiculaire à sa direction actuelle, au lieu de la rue de l'Arsenal (cidevant de l'Orme). — II, 3.

Chaillot (village de) — *Chaliot* — VII, 7.

Chalanton (pont de) — Voy. pont de Charenton.

Chambre des Comptes (la), VII, 2.

Champ-Fleuri (rue du). — Le graveur a, par erreur, donné ce nom à la rue du Chantre, et a désigné la véritable rue du Champ-Fleuri sous le nom de rue *du Coq*. Voy. la note explicative à l'article de la rue des Poulies. — VI, 5.

Champ-Gaillard (le) — *le chan Gaillart* — III, 9.

Chantre (rue du). — Le graveur a, par erreur, donné ce nom à la rue Jean-Saint-Denis, et a désigné la véritable rue du Chantre sous le nom de rue *Champ-Fleuri*. Voy. la note explicative à l'article de la rue des Poulies. — VI, 5.

Chanvrerie (rue de la) — *la Chanvarerie* — VI, 1.

Chapon (rue), II, 7.

Charenton (pont de) — *Le pont de Chalanton* — III, 3.

Chartreux (les), VIII, 3.

Chats (rue des). — Comme dans le plan de Ducerceau, c'est ici la rue des Déchargeurs qui est ainsi nommée et non, comme il conviendrait, la rue de la Limace qui lui est perpendiculaire. —VI, 2 et 3.

Chatelet (le grand), VI, 3.

Chatelet (le petit), VII, 2.

Cholets (collége des) — *Les Choles* — IV, 7 et VIII, 1.

Cholets (rue des) — *R. des Choles*— IV, 7.

Cimetière St-André (rue du), VII, 3.

Cimetière St-Jehan, II, 8 et 9.

Cimetière St-Nicolas, II, 7.

Cimetière St-Nicolas (rue du), II, 7.

Cimetière des SS. Innocents, VI, 2.

Cimetière de la Trinité — *Cimetière de la Ternité* — V, 3.

Clignancourt— *Clinniencourt*—V, 4.

Cloître Notre-Dame— *Le Cloistre* — III, 7.

Cloître Saint-Merry — *Cloistre S. Mari* — II, 8.

Clos-Bruneau (rue du) — *Le Clos-Bruniau* — IV, 7.

Cluny (collége de) — *Clugni* —VIII, 1.

Cluny (hôtel de) — *Lostel de Clugni* — VII, 3.

Comte-d'Artois (rue au) — *R. Conte Dartois* — VI, 1.

Cochonerie (la). — Voy. rue de la Cossonnerie.

Conciergerie (la), VII, 1.

Conflans (village), III, 2.

Copeau (rue) — *R. de Coipiaus*—IV, 4.

Coq-Héron (rue) — *r. Quoque Héron* — VI, 4.

Coq-St-Honoré (rue du). — Le graveur a donné par erreur ce nom à la rue du Champ-Fleuri, et a désigné la véritable rue du Coq sous le nom de *r. de l'Autruche.* Voy. la note explicative à l'article de la rue des Poulies. — VI, 5.

Coq-St-Jean (rue du) — *R. du Coc* — II, 8 et 9.

Coqueret (collége), IV, 7.

Coquillière (rue), VI, 4.

Cordeliers (couvent des) — *Les ...* (le nom a été oublié) — VII, 3.

Cordeliers (rue des), VII, 3.

Cordelières (couvent des), IV, 3.

Cordelières (rue des), IV, 3.

Cornouailles (collége de), III, 9.

Corroierie (rue de la) — *R. de la Courrerie* — C'est le nom que le graveur a inscrit sur la rue de la Verrerie, donnant à la véritable rue de la Corroierie son ancien nom de rue de la Platrière. Voy. ce mot. — II, 8.

Corroierie (rue de la Vieille) — *la Vielle Correrie* — ancien nom de la rue des Cinq-Diamants. —VI, 2.

Cossonnerie (rue de la)—*La Cochonnerie* — VI, 2.

Cour-au-Vilain (rue), II, 7.

Courrerie (rue de la) — Voy. rue de la Corroierie.

Courtille (la), I, 4.

Coutellerie (rue de la) — *R. de la Cotellerie* — II, 9.

Croix (rue de la) — *R. de la Croys*— I, 9.

Croix-Faubin (la) — *La Crois Favbin* — II, 2.

Croix-du-Tiroir ou du Trahoir (la) — *la Croix du Tiroy* — VI, 2.

Crucifix (rue du) — *R. du Crucefis* — VI, 3.

Cul-de-Sac (sans autre dénomination). — Ouvert sur la rue Beaubourg; c'est le cul-de-sac des Truies, plus tard cul-de-sac Berthaud. — II, 7.

Darnetal (rue).—Voy. rue Garnetal.

Deonpont (rue).—Voy. rue de Longpont.

Deux-Écus (rue des). — C'est la rue des Poulies (St-Honoré) qui, par erreur, porte ce nom sur notre plan. La rue des Deux-Écus y figure, mais sans désignation. La rue des Poulies est inscrite plus bas. Voy. ce mot. — VI, 5.

DEUX-PORTES (rue des). — Ancien nom de la rue des Orfèvres, devant la chapelle des Orfèvres. — VI, 3.

DEUX-PORTES-ST-ANDRÉ (rue des), VII.

DEUX-PORTES-ST-SAUVEUR (rue des), V, 3 et VI, 1.

ÉCOLE SAINT-GERMAIN-L'AUXERROIS (L'), VI, 3.

ÉCOUFFES (rue des) — *R. des Ecoufles* — II, 5.

ÉTUVES-ST-HONORÉ (rue des), VI, 2.

ÉTUVES (rue des Vieilles) — *R. des Estuves* — II, 8.

FARE (rue au). — Voy. rue aux FERS.

FÉCAMP (hôtel de) — *Lostel de Tes.* — Le graveur voulait écrire *Fescamp;* il a mis un T pour une F et laissé le mot inachevé faute de place. — VII, 3.

FER-A-MOULIN (rue du) — *R. du Fer de Moulain* — IV, 2.

FERRONNERIE (rue de la), VI, 2.

FERS (rue aux) — *R. au Fare* — sans doute pour rue au Favre. — VI, 2.

FILLES-DIEU (couvent des), V, 3.

FILLES-DIEU (rue des), V, 3.

FILLES-REPENTIES (les), couvent, VI, 5.

FOIN-ST-JACQUES (rue du), VII, 3.

FOIRE SAINT-GERMAIN (la), VIII, 4.

FONTAINES (rue des — du Temple) — *R. des Fontinnes* — I, 9.

FOR-L'EVÊQUE (le) — *Le four Lévesque* — VI, 3.

FOUR-ST-GERMAIN (rue du), VIII, 5.

FOUR-ST-HONORÉ (rue du), VI, 2.

FRANC-MURIER (rue du) — *R. Fran Murier* — II, 8.

FREMANTIAU (rue). — Voy. rue FROID-MANTEAU.

FRÉPAU (rue de), aujourd'hui rue Phélipaux, I, 9.

FRIPERIE (la), VI, 2.

FROIDMANTEAU (rue) — *R. Fremantiau.* — Le graveur a, par erreur, donné ce nom à la rue de Beauvais, et a désigné la véritable rue Froidmanteau sous le nom de rue *Jean-Saint-Denis.* Voy. la note explicative à l'article de la rue des POULIES. — VI, 6.

FROMAGERIE (rue de la) — *R. de la Froumagerie* — VI, 2.

GARNETAL (rue de) — pour Darnetal, ancien nom de la rue Grénetat — V, 3.

GARNIER-SUR-L'EAU (rue) — *R. Garnier-sur-ian* — ancien nom de la rue Grenier-sur-l'eau. — II, 9.

GENTILLY — *Gentili* — IV, 3.

GEOFFROY-L'ANGEVIN (rue) — *R. Geffroi Langevin* — II, 7 et 8.

GEOFFROY-L'ASNIER (rue) — *R. Gefroi Lannier* — II, 6.

GILORI (*le carfour*) — Voy. carrefour GUILLORI.

GLATIGNY (rue de) — *R. de Glatini* — III, 7.

GRAND-CHANTIER (rue du), II, 4.

GRAND-DÉCRET (Ecoles) — *le Grant Décret* — III, 9.

GRANGE-BATELIÈRE (la) — *la Granche batelière* — V, 4 et 5.

GRAVILLIERS (rue des), II, 7.

GRENELLE (rue de) — *R. de Gernelle* — VI, 5.

GRENIER-ST-LADRE (rue), II, 7.

GRÈVE (place de), II, 9.

GUÉRIN-BOISSEAU (rue) — *R. Gairin Boi siau* — V, 3.

GUILLORI (carrefour) — *le carfour Gilori* — II, 9.

Halle au Blé (la), VI, 2.

Harcourt (collége d') — *C. Herro-court* — VIII, 1.

Harcourt (hôtel d') — *Lotel de Hero-court* — VII, 3.

Harpe (rue de la) — *la grant R. de la Herpe* — VII, 3.

Haudriettes (couvent des) — *les Au-driettes* — II, 9.

Haudriettes (rue des) — *R. de Hau-driette* — II, 4.

Hautefeuille (rue de), VII, 3.

Heaumerie (rue de la), VI, 3.

Hirondelle (rue de l') — *R. de La-rondelle* — VII, 2.

Homme-Armé (rue de l') — *R. des Hômes armés* — II, 5 et 8.

Hôpital (de Notre-Dame-des-Champs) — *Lopital* — VIII, 3.

Hôpital (St-Médard) — *Lôpital* — IV, 6.

Hôpital Sainte-Catherine — *Lopi-tal S. Caterinne* — VI, 2 et 3.

Hoqueton (rue du) — *R. Bouquetonne* (pour Hoquetonne) — ancien nom de la rue de Bercy. — II, 5 et 8.

Horloge (l') du Palais — *Lorloge* — VII, 1.

Hôtel-Dieu — *Lostel Dieu* — III, 8.

Hôtel-de-Ville — *Lostel de la vile* — II, 9.

Huchette (rue de la), VII, 2.

Hue-Leu (rue). — C'est l'ancien nom de la rue du Grand-Hurleur. Elle est donc ici très-bien désignée. — VI, 1.

Innocents (église et cimetière des SS.), VI, 2.

Ison (rue de). — Voy. rue Tiron ou Tison.

Ivry — *Iveri* — IV, 1.

Jacobins (couvent des) — *les Jaco-pins* — VIII, 1.

Jardin (rue du), II, 6. — C'est la rue des Jardins-St-Paul.

Jardin du Roi (le), à la pointe du Palais — VII, 1.

Jean-Pain-Mollet (rue) — *R. Jehan pin Molet* — II, 8 et 9.

Jean-Saint-Denis (rue) — *R. Jehan S. Denis.* — Le graveur a, par erreur, donné ce nom à la rue Froid-manteau, et a désigné la véritable rue Jean-St-Denis sous le nom de rue *du Chantre.* Voy. la note explicative à l'article de la rue des Poulies. — VI, 5.

Jeu de Paume (le), aux Halles, VI, 2.

Jouy (rue de), II, 6. — Inscrite ainsi par le graveur : *R. pet io . ni*, sans doute pour *pet(ite) R. (de)Ioui.*

Justice (collége de), VIII, 1.

Larondelle (rue de). — Voy. *R. de l'Hirondelle.*

Lavandières (rue des), VI, 3.

Lingerie (rue de la), VI, 2.

Lisieux (collége de), IV, 7.

Lombards (rue des) — *R. des Lon-bars* — VI, 2.

Long-Pont (rue de) — *R. Deon Pont,* II, 9.

Lorraine (hôtel de), III, 8.

Louviers (île de), III, 2.

Louvre (le), VI, 6.

Madeleine (la) en la cité — *la Ma-delinne* — III, 7 et 8.

Maire (rue au) — *R. au Mère* — II, 7.

Maître-Gervais (collége de), VII, 3.

Mans (collége du) — *Le Man* — IV, 7.

Marais (les — du Temple) — *Les Mares* — I, 7.

Marche (collége de La), III, 9.

Marché aux Pourceaux (le), VI, 7.

noms portant sur une dizaine de rues. Cela vient de ce que la rue des Poulies ayant été faussement dénommée rue des Deux-Écus, son nom a été donné à la rue d'Autriche, celui de la rue d'Autriche à la rue du Coq, qui vient après, et ainsi de suite jusqu'à la rue Saint-Thomas, dont la première moitié, qui par suite de ces substitutions aurait dû recevoir le nom de la rue Froid-Manteau, a reçu celui de rue de Beauvais, pendant que la véritable rue de Beauvais prenait celui de rue Froid-Manteau.

Poupée (rue) — *R. Poupet* — VII, 3.

Pré-aux-Clercs (le) — *Le Pré au Clers* — VII, 8.

Prêcheurs (rue des) — *R. au Prescheurs* — VI, 2.

Presle (collége de) — *Prelle* — III, 9.

Pressoir de l'Hôtel-Dieu — *Le Présoer de Lotel-Dieu* — VIII, 2.

Prévôt de Paris (hôtel du) — *Lostel du Prévos de Paris* — II, 6.

Prouvaires (rue des) — *R. des Prouvelles* — VI, 2.

Puits (rue du) — *R. du Puis* — II, 5.

Quatre Fils Aymon (rue des) — *R. des Catre fis Hémon* — II, 4.

Quincampoix (rue) — *R. Quiquenpoix* — VI, 1.

Quiquetonne (rue). — Voy. rue Tiquetonne.

Quoque Héron (rue) — Voy. rue Coq-Héron.

Raieus — Voy. collége de Bayeux.

Ras (rue des). — Voy. rue d'Arras.

Reims (collége de) — *Rains* — IV, 7.

Reims (hôtel de) — *Lostel de Rins* — VII, 3.

Reine (hôtel de la) — *Lostel de la Reine* — Reste de l'hôtel St-Paul. — II, 6.

Renard-St-Sauveur (rue du), V, 3.

Renaud-le-Fèvre (rue) — *R. Renau le Fèvre* — sur l'emplacement de la rue Cloche-Perce. La rue dite depuis Regnault le Fèvre était plus bas. Elle allait du Marché St-Jean à la Porte Baudoyer. — II, 5 et 6.

Reuilly — *Rueli* — III, 1.

Roi-de-Sicile (rue du) — *R. du Roi Cecile* — II, 5.

Rosiers (rue des), II, 5.

Rouen (hôtel de) — *Lostel de Rouen* — VII, 3 et 6.

Roule (le) — *Le Roulle* — VI, 7 et 8.

Saint-André-des-Arts (église) — *S. André* — VIII, 2.

Saint-André-des-Arts (rue) — *R. S. Andri* — VII, 2.

Saint-Antoine (abbaye) — *S. Anthoine* — II, 3.

Saint-Antoine (porte) — *Porte S. Anthoine* — II, 2.

Saint-Antoine (rue) — *La grant R. S. Anthoine* — II, 5 et 2.

Saint-Antoine (couvent du Petit) — *S. Anthoine* — II, 5 et 6.

Saint-Barthélemy (église) — *S. Bertelemi* — VII, 1.

Saint-Benoît (cloître et église), VII, 3.

Saint-Bon (chapelle), II, 8.

Saint-Christophe (église) — *S. Christofle* — III, 8.

Saint-Côme (église), VII, 3.

Saint-Denis (faubourg), V, 1 et 2.

Saint-Denis (hôtel), près des Grands-Augustins. — VII, 5.

Saint-Denis (porte), V, 2 et 3.

Saint-Denis (rue) — *La grant R. S. Denis* — V, 3 et VI, 1.

que la partie de la rue Thorigny parallèle à la Seine, celle qui prit plus tard le nom de rue du Parc-royal; l'autre partie à angle droit avec la première, et la seule qui ait conservé le nom, n'était pas encore tracée. — II, 4.

Tiquetonne (rue) — *La R. Quique-tonne* — VI, 1 et 4.

Tirechape (rue), VI, 2 et 3.

Tirevit (rue). — Plus tard rue Tire-Boudin, puis Marie-Stuart.—VI, 2.

Tiron ou Tison (rue) — *R. de Ison* — II, 5 et 6.

Tixeranderie (rue de la) — *R. de la Tisarranderie* — II, 9.

Torcherons (les). — Voy. château des Porcherons.

Tougin (rue). — Voy. Thorigny, II, 4.

Tour du Bois (la), contre la Porte-Neuve. — VII, 4.

Tournay (hôtel de) — *Lostel Betour-nai.* — C'est le collége de Tournay près la porte Bordelle. — IV, 7.

Tournelle (la), III, 8.

Tournelles (hôtel des) — *Les Tour-nelles* — II, 2 et 5.

Tournon (rue de), VIII, 4.

Transnonnain (rue) — *R. Trasenon-nin* — II, 7.

Trousse-Vache (rue), VI, 2.

Truanderie (rue de la), VI, 1.

Tuileries (les) — *Les Tuillepies,* — Fabriques de tuiles et maisons particulières sur l'emplacement du château non encore fondé. — VI, 9.

Vannerie (rue de la), II, 9.

Vaugirard (rue de) — *R. de Vaugi-rart* — VIII, 5.

Veaux (place aux) — *Place au Viaux* — VI, 3.

Vercée (rue) — Voy. rue Percée St-Paul.

Verrerie (rue de la) — *R. de la Va-rerie.* — Le graveur a, par erreur, donné ce nom à la rue de la Vieille Draperie en la Cité; la véritable rue de la Verrerie est désignée sous celui de rue de la *Courrerie.* — VII, 1.

Versailles (rue de) — *R. Var saille* III, 9.

Vert-Bois (rue du) — *R. Duver bois* — I, 9.

Villejuif — *Ville juive* — IV, 3.

Ville-Lévesque (la), V, 9.

Ville-Neuve (la), V, 2.

Vincennes — *Le Bois de Vincennes* — II, 3.

Vitry — *Viteri* — IV, 2.

Nogent-le-Rotrou, imprimerie de A. Gouverneur.